Reciclamos

Torrey Maloof

Asesoras

Sally Creel, Ed.D.
Asesora de currículo

Leann Iacuone, M.A.T., NBCT, ATC
Riverside Unified School District

Jill Tobin
Semifinalista
Maestro del año de California
Burbank Unified School District

Créditos de imágenes: Portada y pág.1 Jupiterimages/Getty Images; pág.2 Allen Donikowski/Getty Images; pág.4 Simon Marcus/agefotostock; págs.6–7 (inferior), 9, 19, 24 iStock; pág.7 (superior), 23 Blend Images/Alamy; pág.8 Blickwinkel/Alamy; págs.10–11 PhotoAlto/Alamy; pág.11 (superior) Tetra Images/Alamy; pág.12 Randy Faris/agefotostock; págs.14–15 Steve Debenport/Getty Images; pág.15 (superior) Will Giles-The Exotic Garden/Getty Images; pág.17 Cultura/Getty Images; págs.20–21 (ilustraciones) Janelle Bell-Martin; todas las demás imágenes de Shutterstock.

Teacher Created Materials
5301 Oceanus Drive
Huntington Beach, CA 92649-1030
http://www.tcmpub.com

ISBN 978-1-4258-4655-8

Printed in Malaysia
Thumbprints.42806

Contenido

¿A dónde va?

Tienes algo de basura, así que la tiras.

Esta niña tira su basura.

¿Pero a dónde va la basura?

El basurero

Un relleno sanitario también puede llamarse **basurero**.

La mayor parte de la basura va a un **relleno sanitario.**

Más basura se lleva a un relleno sanitario.

¿Qué sucederá cuando no haya más espacio para los rellenos sanitarios? ¿A dónde irá entonces la basura?

La basura se está derramando de este cesto.

¡Reducir, reutilizar, reciclar

No queremos que la Tierra esté cubierta de basura, por lo que tenemos que trabajar duro para mantenerla limpia.

Estos muchachos limpian una playa.

Estos niños recogen basura.

Una forma de poner nuestro granito de arena es **reducir** la basura. Esto significa hacer menos basura.

Reduce la basura usando bolsas de tela para hacer las compras.

Mejores botellas

Usa botellas que puedas lavar y volver a usar.

También podemos **reutilizar** artículos. Esto significa usar un artículo más de una vez.

Dale la ropa que ya no te queda a alguien que pueda usarla.

Algo nuevo

Puedes reutilizar cosas viejas para hacer cosas nuevas. ¡Este es un carillón de viento hecho de cucharas y tenedores viejos!

Una gran forma de ayudar es **reciclar**. Esto significa convertir una cosa en otra.

Estas cosas pueden reciclarse.

Estos niños ayudan a clasificar cosas que pueden reciclarse.

Ayuda a la Tierra

Es importante que mantengamos la Tierra limpia. ¡Es nuestro único hogar! ¿Qué harás para ayudar?

Este niño ayuda al reciclar.

Esta familia recicla
botellas de plástico.

¡Hagamos ciencia!

¿Qué sucede cuando reutilizamos recipientes viejos? ¡Intenta esto y verás!

Qué conseguir

- pegamento o cuerda
- pintura o adornos
- recipiente de plástico usado y limpio
- tijeras

Qué hacer

1 Observa el recipiente. Piensa en algo que puedas hacer con él. Puede ser un juguete o un animal de juguete. Lo puedes usar para guardar cosas.

1

2 Con la ayuda de un adulto, usa tijeras, pegamento o cuerda para hacer tu nuevo artículo. Luego, píntalo o decóralo.

2

3 Habla sobre lo que hiciste. ¿Qué le habría sucedido al recipiente si no hubieras fabricado algo nuevo con él?

3

Glosario

basurero: un lugar al que se lleva y se deja la basura

reciclar: tomar artículos viejos y usarlos para hacer artículos nuevos

reducir: hacer que algo sea de menor tamaño, menor cantidad o menor número

relleno sanitario: un lugar donde la basura se entierra debajo del suelo

reutilizar: usar algo nuevamente

Índice

¡Tu turno!

¡Recíclalo!

Rotula tres cajas: *papel, vidrio* y *plástico*. Durante una semana, coloca la basura que puede reciclarse en las cajas. ¿Cuántos artículos puedes reciclar en una semana? ¡Haz una lista!